Onderdanige Vrou

Erika Sanders

Reeks

Oorheersing en erotiese onderwerping

Opsomming

Rachel en Roger is 'n normale paartjie wat al twintig jaar getroud is.

Hulle kinders is reeds op universiteit so hulle woon alleen by die huis.

Maar die man is nie tevrede met hul seksuele verhoudings nie, hy vind hulle vervelig, daarom besluit hy dat hulle die raad van 'n baie spesifieke huweliksberader moet soek.

Wie is hierdie huweliksberader wat Roger veral aan sy vrou aanbeveel om hul ... seksuele tegnieke te verbeter?

Onderdanige Vrou is 'n roman met 'n sterk erotiese BDSM-inhoud en op sy beurt 'n nuwe roman wat tot die Erotic Domination-versameling behoort, 'n reeks romans met 'n hoë romantiese en erotiese BDSM-inhoud.

(Alle karakters is 18 jaar of ouer)

Nota oor die skrywer:

Erika Sanders is 'n internasionaal bekende skrywer, vertaal in meer as twintig tale, wat haar mees erotiese geskrifte, ver van haar gewone prosa, met haar nooiensvan onderteken.

Indeks

ONDERDANIGE VROU
ERIKA SANDERS

DEEL EEN:
20 jaar van die huwelik

HOOFSTUK 1

Dit was nog 'n aand van flou seks.

Maar nie een van hulle het gekla nie.

Na 20 jaar van huwelik het seks meer 'n roetine geword as enigiets anders.

Rachel is terug bed toe nadat sy tussen haar bene gewas het.

Sy het die lig afgeskakel, onder die komberse geklim en langs haar man gaan lê.

"Dit was heerlik," het hy gesê.

"Dit was," het Roger geantwoord. "'n Bietjie beter sedert die ouens universiteit toe gaan, nè?"

Sy stamp hom met haar elmboog.

"Wat 'n aaklige ding sê jy."

"Maar jy moet erken, dit is 'n goeie ding ons hoef dinge nie meer stil te hou nie. En ons kan die deur ooplos."

Rachel dink vir 'n oomblik.

"Ek dink so. Maar tog mis ek hulle so baie."

"Ek ook."

Sy maak haar oë toe.

"Goeie nag."

"Goeie nag, skat," antwoord hy en soen haar op die voorkop.

HOOFSTUK 2

Die volgende dag was 'n tipiese werksdag vir Rachel.

Sy was 'n rekenmeester vir 'n middelvlak-rekenmeestersfirma.

Met die onlangse ekonomiese groei in die middel van die stad, het hy baie werk gehad om vir nuwe kliënte te doen.

By middagete het sy saam met dieselfde groep vroue geëet saam met wie sy die afgelope paar jaar geëet het.

Hulle het oor hul gewone onderwerpe gepraat: skinder, vermaaknuus, familie, hul kinders, nuwe resepte, ens.

Hulle was almal beste vriende en het altyd mekaar se geselskap geniet.

Dit was amper sesuur die aand toe Rachel by die huis kom.

Roger se motor was reeds in die oprit.

Toe hy die huis binnekom, was dit besonder stil.

Roger het altyd vinnig "hallo" gesê.

Sy het na hom geroep, maar geen antwoord gekry nie.

Toe Rachel die kombuis binnekom, het 'n paar arms van agter om haar lyf gevou.

Haar hande raak wulps aan sy bors.

Sy het hardop geskree.

"Regso!" sê hy en laat haar los. "Dis ek! Dis ek!"

Hy draai vinnig om en sien 'n verstomde uitdrukking op Roger se gesig.

Hy het duidelik nie verwag dat sy vrou so sou reageer nie.

"God! Roger! Moet my nooit weer so bang maak nie!"

"Wou jou verras".

"Hoe was dit 'n verrassing?" sy was woedend. "Jy het my in die daglig laat skrik. Ek het gedink ek word aangeval!"

"Jammer. Ek het net probeer om romanties te wees."

"Daar is niks romanties daaraan om so aangeraak te word nie."

"Jammer. Ek sal dit nie weer doen nie."

Rachel het 'n oomblik geneem om te kalmeer.

"Ek het nie bedoel om so kwaad te word nie. Dit is net asseblief, wees 'n bietjie meer bedagsaam oor jou verrassings, oukei?"

"Ons het nooit meer pret nie. Het jy opgelet?"

"Asseblief Roger, ek is nie nou in die bui hiervoor nie."

"Goed," stem hy verslaan saam.

Rachel het omgedraai en na die slaapkamer gegaan om haar klere te verander.

Hy gaan sit regop in die bed en sug.

HOOFSTUK 3

Die volgende dag.

Rachel was by die rekenaar en het haar rekeningkundige werk gedoen.

Sy foon lui.

Dit was haar man.

Sy het die oproep beantwoord, en toe Roger vir haar sê dit is belangrik, het sy gesê om 'n oomblik te wag terwyl hy na buite gaan vir meer privaatheid.

Hy het gewonder waaroor die oproep kan gaan.

Roger het selde gebel terwyl sy by die werk was.

Hy het gemeen dat dit nie weens hul geveg gister kon wees nie, want hy het dit daardie selfde aand reeds reggemaak.

"Ja?" Hy het gesê toe hy buite was, weg van die ander kollegas.

"Kom ons gaan volgende week 'n reis," antwoord hy reguit. "Daar is 'n stil plek waar ons naby die kus kan gaan."

"Ek kan regtig nie. Dinge is nou baie besig met my werk."

"Myne is ook so. Maar ons kan plek maak. Ons kan volgende Vrydag gaan en vir die naweek bly. Neem net 'n dag af by die werk."

"Maar dit is nie nodig nie," antwoord sy en probeer met hom redeneer. "Ek is nie kwaad vir jou nie. Het ons dit nie gisteraand opgeklaar nie?"

"Dit gaan nie oor gister nie. Dit gaan oor ons huwelik."

Daardie woorde het 'n totale skok oor die hele ruggraat na Rachel se voete gestuur.

Hy het altyd aangeneem dat hul huwelik sterk was en dat hy Roger alles gegee het wat hy nog ooit in 'n vrou wou hê.

"Is ons huwelik in die moeilikheid?" sy het gevra.

"Moenie so praat nie. Maar daar is 'n manier om ons huwelik ... beter te maak ..."

Nog 'n sein gaan oor haar ruggraat.

"Waaroor gaan hierdie reis?"

"Ek dink daar is iemand wat ons kan help."

"'n Huweliksberader?" vra sy verbaas.

Hy het vir 'n oomblik stilgehou.

"Ja. So iets. 'n Huweliksberader."

"Dit gaan nie te sleg met ons nie, of hoe? Ek het gedink...ek het gedink..."

se stem was besig om te verstik en haar oë traan.

"Ons doen niks verkeerd nie," antwoord hy en probeer haar gerusstel. "Maar ek dink ons kan verbeter. Dit is iets waaraan ek al 'n rukkie dink."

"Goed. As jy dink dit is vir die beste."

"Dankie, skat. Jammer ek het jou by die werk gebel. Dit is 'n laaste minuut ding. Sy het 'n laaste minuut opening in haar skedule gehad en wou daarvan gebruik maak."

Rachel lig 'n wenkbrou.

"Sy? Is die berader 'n vrou?"

"Ja."

"Wat weet jy van hierdie persoon? Hoekom moet ons so ver reis vir hom?"

"Ek sal later verduidelik. Maar sy het 'n unieke reputasie. En ek dink sy gaan wondere vir ons doen."

"As dit is wat jy wil hê, dan is dit goed."

"Ek is bly jy is oop hiervoor. Ons sal die besonderhede vanaand bespreek."

"Goed, totsiens ."

"Totsiens."

Die oproep het geëindig en Rachel was verstom met haar foon in die hand.

'n Bom is op haar gegooi, maar sy het besef sy sal alles doen wat nodig is om haar huwelik sterk te hou.

HOOFSTUK 4

Etlike dae later.

Rachel het in die kamer gestaan en klere opvou vir die volgende reis.

Sy het geweet die weer gaan warm wees, so sy het die t-hemde, kortbroeke, sandale en baaipakke ingepak wat Roger vir haar gesê het om saam te bring aangesien hulle naby die strand sou wees.

Sy wou nie gaan nie, nie net omdat die idee hulle duisende dollars gaan kos nie, maar omdat sy baie tyd by die werk moes spandeer, en hierdie verlore dag sou 'n dag wees waarvoor sy sou moes opmaak. .

Maar as dit was wat die beste was vir hul huwelik, dan wou sy nie daaroor baklei nie.

Wat hom die meeste gepla het, was dat Roger buitengewoon kort en vaag was oor die kwessie van huweliksberading.

In al hul huweliksjare was hulle altyd oop oor alles.

Daar was nog nooit geheime nie.

Daar was nooit leuens nie.

Dit is hoekom hul huwelik so suksesvol was.

Tot nou toe...

Sy het baie tyd spandeer om te wonder hoekom Roger 'n berader wou sien.

Wat is fout met ons huwelik?

Ek het gedink alles is reg.

Ek het gedink alles is perfek tussen ons.

Is dit die seks?

Is ek nie meer goed genoeg nie?

Wil jy iemand anders hê?

Het hy 'n verhouding?!

Die tas was amper vol.

Al wat oorgebly het om in te pak, was die baaikostuum.

Daar was 'n ou paar in sy kas.

Wat sy jare laas gedra het.

Hy trek uit voor die spieël.

Sy kyk na sy naakte lyf.

Die dowwe strepies op sy gesig het gegroei.

Haar voorheen baie parmantige borste het begin sak.

Sy heupe het dikker geword ten spyte van die aërobiese oefeninge.

Dit is regtig geen wonder dat Roger 'n berader wil sien nie.

Sy trek haar baaikostuum aan en poseer daarmee voor die spieël.

Dit sal jou behaag.

Op daardie oomblik het Roger uit sy huiskantoor gekom en Rachel met 'n frons op sy gesig genader.

"Wat is besig om te gebeur?" vra sy, steeds in haar baaikostuum.

"Ek het sopas met my baas afgekom. Een van ons kliënte het sopas 'n multi-miljoen dollar regsgeding gekry. Ek kan nie meer op daardie reis gaan nie."

Sy het sy oë ontmoet en geweet dat Roger die waarheid praat.

'n Straal van hoop het Ragel se gedagtes oorgesteek.

Sy was bly dat die reis waarskynlik gekanselleer is.

"Dis te erg," het sy geantwoord. "Beteken dit die reis is gekanselleer?"

"Dit maak geen sin om die hele reis te kanselleer nie, want ek het reeds vir die vlugte en beradingsreëlings betaal. Jy moet alleen gaan."

Sy was verbaas.

"Wil jy hê ek moet alleen 'n huweliksberader sien? Wat is die punt daarvan?"

Die versugting.

"Rachel, ek is so lief vir jou. Ek is lief vir jou meer as enigiets. Jy is die liefde van my lewe."

"O God, jy het 'n verhouding. Is dit nie? Daar is iemand anders, is daar nie?"

"Nee, dit is niks so nie," het hy nadruklik gesê. "Ek sal jou nooit verneuk nie. Ek het nooit, en ek sal nooit."

"So wat gaan aan? Die afgelope paar dae was jy baie ontwykend oor hierdie reis. Jy was nog nooit voorheen so terughoudend nie."

Hy sug weer en skud sy kop.

"Ek is jammer. Ek was nie heeltemal eerlik met jou nie. Ek dink ek is nie so dapper as wat ek gedink het nie."

"Vertel my wat is dit?"

"Vertrou jy my?"

"Natuurlik het ek. As jy 'n affair het, laat weet my net. Ons kan dit uitwerk."

"Ek het nie 'n verhouding nie, Rachel. Maar ek dink daar moet veranderinge in ons huwelik wees."

"Is ek nie meer goed genoeg nie?" sy het gevra.

"Hou op om sulke goed te sê. Jy is my vrou. Ek is meer lief vir jou as enigiets."

"Hoekom is jy dan nie eerlik met my nie?" geëis.

Hy skud sy kop.

"Ek probeer eerlik wees. Maar ek kan nie. Dit is nie maklik nie. Glo my, ek wens alles was maklik."

"Ek verstaan jou nie meer nie, Roger."

'n Hartseer het op sy gesig verskyn.

"Kan jy my belowe jy sal nog gaan? Ek weet dit is moeilik om so te gaan, maar ek sal nie vra tensy ek dink dit kan dalk help om ons huwelik te red nie."

"Dink jy ons huwelik moet gered word?" vra sy met trane in haar oë.

"Moet dit asseblief nie moeiliker maak nie, Rachel. Kan jy belowe jy sal alleen gaan? Ek wil hê jy moet die berader ontmoet en hoor wat sy te sê het. Luister net, en as jy nie daarvan hou nie, dan kom huis toe . Asseblief , ek smeek jou " .

Die trane het reeds oor haar gesig gestroom.

Ragel het in hulle verdrink en kon skaars praat.

Toe sit sy haar arms om haar man en gee hom 'n groot verstikkende drukkie.

Sy gaan nie haar huwelik verloor nie, maak nie saak wat die koste is nie.

DEEL TWEE:
Lady Samantha en die vrou

27

HOOFSTUK 5

Rachel het 'n geskikte man gesien nadat sy die lughaweterminaal met haar bagasie verlaat het.

Die man het 'n bordjie vasgehou met sy naam daarop.

Hulle het gepraat en albei se identiteit bevestig.

Sy het vir 'n dertig minute se ry in haar luukse motor geklim totdat hulle hul bestemming bereik het.

Sy het verwag om by 'n kantoorgebou aan te kom.

Maar hy was verbaas om te sien dat die bestemming eintlik 'n groot huis naby die strand was, wat meer soos 'n herehuis gelyk het.

Die eienaar van die plek was 'n baie ryk mens.

En die eienaar was beslis nie jou gemiddelde huweliksberader nie.

Die motor het in die oprit gestop.

Die bestuurder het na die kattebak gegaan om die bagasie te gaan haal.

Op daardie oomblik het die voordeur van die strandhuis oopgegaan en 'n lang, beeldskone vrou het uitgestap.

Sy het stunning gelyk, in haar dertigs, met lang golwende hare en 'n model se lyf.

"Jy moet Rachel wees," glimlag die vrou. "Ek het wonderlike dinge van jou gehoor."

"Dis ek. En jy is?"

"Samantha. Welkom by my huis."

Die twee vroue het hartlik hand geskud.

"Wat 'n pragtige plek. Ek het beslis nie so iets verwag nie."

"Die meeste mense doen dit nie. Dit is jammer jou man kon nie kom nie."

"Ken jy my man?" vra Rachel.

"Ek reis baie saam met my pa vir besigheid en het jou man al verskeie kere gesien. Maar ons kan later meer daaroor praat. Ek is seker jy is uitgeput. Laat ek jou eers na jou kamer wys."

Samantha het Rachel en die bestuurder met die trappe van die groot herehuis na die gastekamer gelei.

Die bestuurder het die bagasie in die slaapkamer gesit en toe vertrek.

Rachel was in 'n konstante toestand van verwondering terwyl sy na die herehuis gekyk het.

Sy kon nie uitmaak hoeveel dit alles werd sou wees nie.

"Ek sal jou laat stort en rus," het Samantha gesê. "Die handdoeke is in dieselfde badkamer. Kom strand toe so sesuur in die aand. Ons kan saam na die sonsondergang kyk en vars vrugtesap drink."

"Dit klink heerlik".

Samantha glimlag.

"Sien jou dan".

HOOFSTUK 6

Rachel het 'n koue stort geneem en ontspan.

Die gastekamer in die huis was beter as enige kamer in enige deftige hotel waarin hy al ooit gebly het.

Alles was pure luukse en klas.

Hy wonder wat Roger beplan het.

***

Sesuur het aangebreek en Rachel het ondertoe gekom, gemaklik aangetrek vir die warm weer waarin hulle hulself bevind het.

Hy het uitgegaan na die strand en gevind dat die uitsig pragtig was.

Sy het vergeet hoe mooi die see kan wees, veral tydens 'n sonsondergang.

Hy sien Samantha daar staan en die uitsig oor die see bewonder.

"Jy is so gelukkig om dit elke dag te kan geniet," het Rachel gesê.

"Inderdaad."

"So wat presies doen jy hier?"

"Wat het Roger vir jou gesê?"

"Nie veel nie, ongelukkig. Net dat jy 'n soort huweliksberader is. Maar so lyk dit, ek is nie heeltemal seker dat dit meer die geval is nie."

"Ek doen verskeie dinge," het Samantha geantwoord. "Ek doen 'n paar eiendoms- en ontwikkelingswerk namens my pa. Maar ek doen ook gunsies vir mense . Gunste wat ek baie geniet om te verskaf."

"Wat? Huweliksberading?"

Samantha flits 'n pragtige glimlag.

"Jy kan dit ook sê."

"Hoekom is almal so vaag hieroor? Is daar 'n geheim wat ek nie moet weet nie?"

"As jy die waarheid wil weet, het ek baie paartjies oor die jare gehelp. Ek gee nie om oor geld nie. Ek doen dit vir plesier. Ek geniet dit om te help."

"En presies hoe help jy hierdie paartjies?" vra Rachel .

"Hoe dink jy? Wat is die basis van 'n goeie verhouding?"

"Liefde," antwoord Rachel.

"Seks," knipoog Samantha. "Ek help paartjies om seks vir hulle te laat werk."

Rachel was tot in sy hart geskok, maar sy het nie toegelaat dat haar gesig dit wys nie.

Sy was verbaas dat haar liefdevolle man van twintig jaar daaraan gedink het toe hy haar van haar vertel het.

"So jy is 'n seksterapeut?"

"Ek hou nie regtig van etikette nie," het Samantha geantwoord. "Maar ek weet baie van seks. Ek weet waarvan mense hou en hoe dit verbeter kan word. Dit is 'n natuurlike talent wat ek het."

"Ek dink nie dit is reg vir my nie. Dankie vir die vriendelike gasvryheid, maar ek moet gaan. Ek sal die volgende vlug huis toe haal."

"Jy het pas aangekom".

"Ek weet maar..."

"Roger het my gewaarsku dat jy hieroor bekommerd sal wees."

"Het jy al by hom geslaap?" vra Rachel reguit.

"Nee. Glo my, jou man is 'n getroue man. Ek het net een blik na hom gekyk en geweet dat sy sekslewe ernstig te kort was. So toe ek 'n geleentheid in my skedule kry, het ek vir jou man 'n aanbod gemaak."

Rachel trek haar oë saam.

"Ja, in ruil vir 'n paar duisend dollar van my man se geld, reg?"

"Soos ek gesê het, geld beteken niks vir my nie. Kyk rondom my, ek het nie jou man se geld nodig nie. Maar as ek nie mense hef nie , sal ek 'n lang tou mans buite my deur hê wat vir gratis diens wag. ""

"Wel, dankie vir die gasvryheid. Ek wil nie jou tyd mors nie. Dit is alles nie vir my nie. Ek sal die volgende beskikbare vlug neem."

Samantha knik.

"Dis heeltemal verstaanbaar. Jy kan hier bly so lank as wat jy wil. My bestuurder sal jou vat wanneer jy wil. Ek sal jou man so gou moontlik terugbetaal."

"Dankie."

"Baie sterkte met jou huwelik," sê Samantha en vestig haar aandag terug na die ondergaande son.

Rachel bly vir 'n lang oomblik stil.

"Wat weet jy van my huwelik?"

"Jou man wou dit vir 'n spesifieke rede hê. So ek weet jou sekslewe moet ongelooflik vervelig en eentonig wees."

"Daar is meer aan die huwelik as net seks. Ons is lief vir mekaar. Ons is goeie lewensmaats."

"Hou aan om dit vir jouself te vertel," het Samantha geantwoord. "Jou man voel natuurlik iets skort in jou verhouding. Maar as jy dink alles is perfek, stap dan gerus weg."

Rachel neem nog 'n lang pouse.

"As ek hier bly, bedoel ek, vir die volgende paar dae, wat gaan gebeur? Wat gaan ek hier doen?"

"As jy bly, sal ek jou die vreugdes van oorheersing en onderwerping leer. Dit is my spesialiteit. Iemand soos Roger moet voel hy is die man in die verhouding. Ek kan jou leer hoe om hom behoorlik te dien."

"Dit klink 'n bietjie kru."

"Seks is rou. Maar dit is ook pragtig. Wanneer laas het jy 'n wonderlike orgasme gehad? Die soort wat 'n plas tussen jou bene laat."

"Ek onthou nie," antwoord Rachel. "Jaar. Miskien meer."

"Arme ding. Maar ek kan dit regmaak. Ouer vroue, veral vrouens, is 'n spesialiteit van my."

"Ons gaan nie... jy weet..."

"Ons sal. Ons sal alles saam doen."

"Ek kan dit nie doen nie," antwoord Rachel. "Dis malligheid. Ek het nog nooit voorheen iets met 'n ander vrou gedoen nie."

"Dink hieraan as 'n leerervaring. Boonop is dit nie gek as jou man dink dit is voordelig nie."

"Jy is beslis baie opgewonde oor hierdie hele projek."

Samantha glimlag.

"Jy behoort ook te wees."

"Nou wat dan?"

"Nou, ek gaan terug na binne om reg te maak vir aandete. My sjef maak iets lekker. As jy wil bly, sluit by my aan vir aandete. As jy wil vertrek, praat met my bestuurder."

"Ek wil bly."

"Aandete behoort binnekort gereed te wees. Ons sal mekaar beter leer ken. Môre is wanneer die regte pret begin."

Samantha flits nog 'n wenk-gevulde glimlag.

Toe draai hy om om sy groot herehuis binne te gaan.

HOOFSTUK 7

Die volgende dag.

'n Klein deel van die personeel het vir hulle ontbyt in die buitelug bedien.

Alles is behoorlik opgepas.

Al die kos was vars voorberei.

Die twee vroue het mekaar se geselskap oor ontbyt geniet.

"Ek kan regtig gewoond raak hieraan," het Rachel geterg.

Samantha knipoog vir hom.

"Wie kook gewoonlik in jou huis? Ek dink dit is jy. Jy lyk soos 'n baie mak vrou."

"Ek is op die outydse manier grootgemaak. Ek kom uit 'n lang reeks tuisbly-vroue."

"Tipies. Jy het daardie klassieke konserwatiewe voorkoms."

"Ek hoor dit baie," trek Rachel sy skouers op. "Maar met goeie rede. Ek hou daarvan om vir my gesin te sorg. Ek hou daarvan om die ideale ma en vrou vir hulle te wees."

Samantha knik.

"Ek is seker Roger waardeer alles wat jy rondom die huis doen."

"Dit doen," het Rachel geantwoord. "Ek is baie gelukkig om hom te hê. Die meeste mans waardeer nie die werk wat hul vrouens vir hulle doen nie."

"Roger beloon jou? Laat hy jou sy piel suig?"

"Jammer?"

" Roger laat jou sy piel suig as jy 'n goeie meisie was?"

Rachel was geskok oor die onsedelike praatjies by ontbyt, veral voor die personeel.

Kaal praatjies oor seks het haar nog altyd soos swak smaak opgeval.

"Ek dink nie dit is jou saak nie," het Rachel geantwoord.

"Is dit nie reg nie? Ek het gedink jy wil my hulp hê."

"Ek dink, maar..."

"Wees eerlik . Ons is albei volwasse vroue. En my personeel is baie diskreet. Ek probeer jou net help."

Rachel gee 'n klein sug.

"Ek doen dit vir hom, net soms. Ek hou nie regtig daarvan om dit te doen nie."

"So waaroor gaan jou sekslewe met Roger? Klim hy bo-op jou, gee jou 'n paar swaaie, dan kom?"

"Basies."

Samantha lag amper.

"Dis nie 'n wonderlike sekslewe nie. Klink meer na 'n formaliteit."

"Dit werk vir ons."

"Natuurlik nie. Roger wil jou hier hê vir 'n rede. Ek haat dit om die nuus aan jou te bring, maar Roger is 'n geil normale ou. Hy is mal oor seks. En hy is mal daaroor om blowjobs te kry. Maar hy is te skaam om sy mooi vroutjie te vra vir gunste ekstra".

"Jy is aanmatigend."

Samantha lig 'n wenkbrou.

"Is ek besig? Het Roger ooit seks van die hand gewys? Lyk hy soos 'n hoërskoolseun elke keer as jy sy piel suig? Jy weet ek is reg. Alle mans is dieselfde as dit by seks kom."

"Dis nie hoe ek grootgemaak is nie," het Rachel ná 'n lang pouse gesê. "Jy is seker reg oor Roger. Maar ek weet net nie meer hoe om hom tevrede te stel nie."

Samantha het haar vingers geknip, en iemand van die personeel het 'n seksspeelding op 'n silwerskottel te voorskyn gebring.

Samantha het dit opgetel en die personeel is weg.

Die vleeskleurige seksspeelding was soos 'n man se penis gevorm.

"Dit is verstommend hoe realisties hierdie volwasse speelgoed geword het," het Samantha gesê en dit verwonderd omhoog gehou.

Al was hulle in die oopte, het Samantha nie omgegee om 'n dildo vas te hou nie.

Rachel het 'n bietjie ongemaklik gevoel, al was daar niemand anders nie.

"Is jy nie bang dat iemand dalk verbyloop en jou met dit aan sien nie?" vra Rachel.

"Dit is heeltemal wettig om 'n seksspeelding in die staat te hê."

Rachel knik skaapagtig.

"Jy's reg."

"Daar is ook niks fout daarmee om een te soen nie."

"Wat bedoel jy?"

Samantha wikkel die dildo effens.

"Gaan voort en gee hom 'n bietjie soen."

"Omdat?"

"Ek is nuuskierig hoe jy lyk met 'n penis in jou mond."

Rachel het senuweeagtig gelyk toe Samantha die dildo aan haar gee, wat na haar gesig gewys is.

Sy het gereken dit sou nutteloos wees om te stry.

Sy was 'n gas in 'n luukse huis.

Sy het geweet dit sou onbeskof wees om die versoek van die hand te wys.

Sy leun vorentoe oor die tafel en soen die kop van die dildo.

"Maak nou jou lippe oop," het Samantha gesê. "Vat hom binne."

Rachel het ongemaklik gevoel, maar sy het dit in elk geval gedoen.

Sy het die seksspeelding in haar mond toegelaat.

Samantha het die dildo in Rachel se mond begin druk en intrek om orale seks na te boots.

"Is dit al?" sê Samantha en kyk aandagtig. "Suig dit. Alles so. Maak asof dit Roger s'n is."

Toe hy daardie woorde hoor, het 'n vuur in Ragel aangesteek.

Sy het harder, vinniger en harder gesuig.

Sy het eintlik orale seks met die dildo begin uitvoer.

Voordat Rachel kon voortgaan, het Samantha die dildo uit haar mond verwyder en Rachel het teruggeleun in haar sitplek.

"Nie sleg nie," het Samantha gesê. "Maar jou blowjob-vaardighede kan 'n bietjie verbetering gebruik. Ons sal later daaraan werk. Ek dink Roger sal baie bly wees wanneer jy by die huis kom."

"Ek hoop so," bloos Rachel.

Samantha glimlag.

"Ons het 'n lang dag van opleiding voor ons. Kom ons maak ons ontbyt klaar en maak die meeste van ons tyd."

Hulle het weer hul ontbyt geëet.

Rachel kyk af na haar kos, maar sy dink nog aan Samantha se laaste woorde.

Opleiding? Wat de hel het hy daarmee bedoel?

HOOFSTUK 8

Samantha se slaapkamer het uit 'n groot en ruim area bestaan.

En dit was eenvoudig maar elegant.

Die meubels het rustiek en duur gelyk.

Die balkon was oop en het 'n perfekte uitsig oor die see.

"Haar man het my jou grootte en afmetings vertel," het Samantha gesê. "So ek het voortgegaan en vir jou 'n nuwe klerekas gekoop."

Daar was 'n tas in die middel van die kamer.

Samantha het dit oopgemaak om 'n verskeidenheid klere te openbaar, die meeste daarvan nogal onthullend, en 'n verskeidenheid onderklere.

Rachel was verstom.

"Is dit alles vir my?"

"Alles in daardie tas is vir jou. Ek het ook vir jou 'n nuwe grimeringstel gekoop."

"Wat is fout met my grimering?"

"Niks, as jy 'n rekenmeester is nie," het Samantha geantwoord. "Maar as jy jou man 'n konstante boner wil gee, dan sal jy 'n bietjie harder moet werk."

"Roger hou daarvan soos ek daarvan hou."

"Jy is 'n baie mooi vrou. Ek is seker Roger dink jy is die mooiste vrou in die wêreld. Maar soms wil mans net 'n vuil hoer in die slaapkamer hê. Dit is die feite."

Rachel het stilgebly.

"Ek is nie meer juis 'n jong vrou nie."

"Daar is absoluut niks fout met vroue van jou ouderdom nie. Almal is lief vir ouer vroue. Ek is mal oor ouer vroue."

"So wat doen ons?"

"Dit is goed om 'n behoorlike, primitiewe huisvrou te wees. Maar dit is ook goed om af en toe 'n vuil slet in die slaapkamer te wees. Dit is wat ek jou gaan leer."

Rachel haal diep asem.

"Goed. Ek sal 'n oop gemoed hou vir wat jy ook al te sê het."

"Goed. Trek nou uit."

"Vergewe my?"

"Word kaal. Trek jou klere uit. Alles."

"Omdat?"

"Ek het gedink jy het gesê jy hou 'n oop gemoed," sê Samantha met 'n geligde wenkbrou. "As jy my hulp wil hê, luister dan na wat ek te sê het."

Dit was reeds vir Rachel duidelik dat om met Samantha te stry nooit 'n wenstrategie was nie.

Sy haal diep asem om haar moed bymekaar te skraap, en huiwerig haar klere uitgetrek, elke item versigtig opvou en op die nabygeleë bed neergesit.

Dit was 'n bietjie verleentheid vir Rachel om kaal voor Samantha te wees, aangesien haar liggaam verouder het, en Samantha baie jonk en fiks was.

Maar Rachel het vir haarself gesê dit is soos om voor die dokter uit te trek.

Samantha het waarskynlik baie naakte vroue van haar ouderdom gesien.

Sy het dit alles gesien.

Wanneer hierdie reis verby is, sal ek haar nooit weer hoef te sien nie.

So wie gee om as sy my kaal sien?

Al haar klere is verwyder en op die ou einde was Rachel heeltemal kaal voor 'n veel jonger en aantrekliker vrou.

"Baie vroulik en pragtig," sê Samantha met 'n klein wenk terwyl sy knik.

"So jy dink?"

"Soos ek gesê het, ek is mal oor ouer vroue. En ek is mal oor huisvrouens. Ek dink jy is uiters aantreklik."

Rachel trek sy skouers op.

"En wat is volgende?"

"Volg my."

Samantha het Rachel na die kleedkamer gelei.

Rachel gaan sit voor die groot spieël en 'n tafel vol skoonheidsprodukte van die naam.

Hulle het albei na Rachel se toplose weerkaatsing in die spieël gekyk.

Toe het Samantha 'n klam servet gebruik om Rachel se grimering af te vee totdat haar gesig skoon was.

Die plooie en ouderdomslyne op Rachel se gesig het duideliker geword.

"Jy is so natuurlik mooi, Rachel. Jy is so mooi."

"Dankie."

"Maar ons stel nie nou in mooi belang nie," het Samantha gesê. "Ons is in sexy. Is jy gereed daarvoor, Rachel?"

"Ek dink so."

"Kom ons begin."

Samantha het reguit aan die werk gegaan om die skoonheidsmiddels aan te wend.

Sy het bloos, oogskadu, maskara, oogomlyner en 'n helder skakering rooi lipstiffie met vaardige lae gevul.

Sekonde vir sekonde het die ingetoë huisvrou gekyk hoe haar voorkoms verander.

Toe sy klaar was, kon Rachel haar skaars herken.

"Wat van?" vra Samantha, trots op haar werk.

"Dit lyk ... dit lyk ... interessant ..."

Samantha klop die vrou se skouers.

"Jy sal gewoond raak daaraan. Onthou net, hierdie is net vir jou en Roger. Niemand anders nie."

"Ek verstaan."

"Nou, kom ons trek jou aan, oukei?"

Rachel het opgestaan en Samantha gevolg tot in die groot kamer.

Samantha het binne-in die tas gegryp en 'n dun rooi kleed uitgehaal.

"Probeer dit," het Samantha gesê. "En kyk in die spieël."

Rachel kyk na haar naakte weerkaatsing in die spieël terwyl sy in haar kleed inskuif.

Sy was skraal, maer en tenger.

Bowenal was dit semi-deursigtig.

Die kleur van haar tepels en skaamhare was ten volle sigbaar.

"Dit is 'n bietjie onthullend, dink jy nie?" Rachel het die ooglopende uitgespreek.

"Dit is die idee. Wanneer jy by die huis is, wil ek hê jy moet dit te alle tye vir Roger dra. Dit sal 'n gelukkiger huwelik maak."

"Wil jy hê ek moet te alle tye feitlik naak wees?"

"Dink daaroor, sou Roger met jou stry terwyl jou tepels ontbloot is?"

"Dis seker 'n prettige manier om na dinge te kyk," antwoord Rachel met 'n giggel.

Samantha glimlag.

"Ek het baie paartjies oor die jare gehelp. Glo my, ek weet waarvan ek praat."

Die twee vroue het speels vir mekaar geglimlag voordat sy nog uitrustings aangetrek het.

HOOFSTUK 9

Later dieselfde dag.

Rachel was in 'n toestand van diep ontspanning.

Ek was in die spa-kamer, alleen saam met 'n opgeleide masseuse.

Haar gedagtes het weggedryf toe haar rug 'n kundige massering ontvang het.

Dit was saligheid.

"Ek is bly jy het pret," sê Samantha terwyl sy die spa binnestap.

"Dit is die hemel."

"'n Goeie massering is altyd hemels. Jammer om te onderbreek, maar ek het sopas met my pa van die foon afgeklim. Iets het gebeur."

Rachel het regop gesit om na die nuus te luister.

Haar borste het gewys, maar sy het nie omgegee nie.

"Alles is reg?" sy het gevra.

"Alles is reg. Maar my pa hou 'n belangrike aandete saam met verskeie van sy sakevennote, en hy wil hê ek moet by haar aansluit. Hy wil hê ek moet weet. Boonop is ek uitstekend om gaste te onthaal."

"Ek behoort te gaan?" vra Rachel, heimlik uit vrees vir die ergste.

"Nee, nee. Maar ek is nie seker hoe laat ek terug is nie, so maak jouself gemaklik in my plek. Ek het reeds die personeel opdrag gegee om vir jou 'n lekker aandete voor te berei. Doen daarna wat jy wil. Daar is boeke, flieks, musiek, wat jy ook al wil hê. My personeel sal jou help met alles wat jy nodig het."

"Dankie, jy is baie gaaf."

Samantha lig 'n wenkbrou.

"As jy lus is vir iets wat 'n bietjie meer uitdagend is, probeer dan die DVD-versameling in my kamer. Wie weet, jy sal dalk iets sien waarvan jy hou."

"Ek sal dit in gedagte hou," antwoord Rachel, onseker hoe om die wenke te interpreteer.

"Veel pret. Ek sal probeer om gou terug te kom."

"Julle het 'n goeie nag."

Samantha het 'n ondeunde glimlag gegee en vertrek.

HOOFSTUK 10

Daardie selfde aand.

Die luukse herehuis het 'n bietjie vervelig gelyk sonder sy eienaar.

Na 'n vroeë aandete het Rachel na die sonsondergang gekyk en die huis weer verken.

Hy het gekyk na wat hy vir sy tuisteater en musiekversameling gehad het, maar niks het hom regtig geïnteresseer nie.

Nou het hy televisie in die sitkamer gekyk.

Die nuus was die enigste ding wat hom geïnteresseer het.

Hy wonder hoe dit met Roger gaan.

Sy wonder of Roger haar sal mis.

Verveling het aangebreek.

Dit was elfuur die nag en Rachel het besluit om te gaan slaap.

Op pad na haar kamer stap sy verby Samantha se kamer.

Die deur was wawyd oop.

Die aanbod om na haar private DVD's te kyk was steeds in Rachel se gedagtes.

Hoekom nie?

Sy het my na haar kamer genooi om te kyk.

Rachel stap by die hoofslaapkamer in en gaan na die groot televisie.

DVD's was nie moeilik om te vind nie.

Daar was meer as 200 DVD's , het hy geskat.

Al die DVD's was tuisgemaak.

Op elke DVD was 'n naam geskryf, saam met 'n datum.

Rachel het die televisie en die DVD-speler aangeskakel.

Sy het 'n ewekansige DVD gekies met die titel: Joseph 03-07-2018

Die DVD het begin en Rachel sit regop in die bed.

Sy was geskok oor wat sy gesien het.

'n Naakte man het op die skerm verskyn.

Hy was middeljarig en in 'n normale vorm.

Hy het die gesig van 'n suksesvolle sakeman gehad.

Sy penis was klein en slap.

Hy het skaam gelyk.

Hy het direk na die kamera gekyk.

Hy het in 'n gastekamer gestaan.

Die man het sy naam, ouderdom en dat sy beroep 'n eiendomsontwikkelaar was.

Die toneel het baie vreemd gevoel en Rachel uiters ongemaklik gemaak.

Ek kon nie verstaan hoekom Samantha so 'n DVD sou hê nie.

Rachel het opgestaan en wou die DVD afskakel toe sy skielik Samantha se stem van die TV hoor kom.

Hy het begin om die naakte man rond te bestel.

Rachel gaan sit terug om verder te kyk.

Die naakte man op die skerm streel homself.

Sy penis het 'n bietjie groter en stywer geword.

Die man het op sy knieë geval toe Samantha se stem hom beveel het.

Samantha het op die skerm verskyn en Rachel het amper gesnak.

Samantha het in die video verskyn geklee in 'n stywe leerkorset en haar arms en bene gewys.

Daar was 'n lang dildo tussen Samantha se bene vasgegord wat minstens agt duim lank moes gewees het.

Samantha het voor die knielende man gestaan, en die man het met entoesiasme aan die penis in die gordel begin suig.

Al wat Rachel kon doen, was om amper geskok te staar.

Sy was heeltemal ongeloof dat Samantha so iets met 'n man sou doen.

Sy instinkte het vir hom gesê om die DVD af te skakel, maar hy kon nie.

Die skerm het hipnoties geword.

In die video het Samantha die man beveel om op te staan en oor die bed te leun.

Hy het dit met entoesiasme gedoen.

Samantha het toe 'n groot hoeveelheid lube op die seksspeelding gesmeer en haarself agter die man geposisioneer.

Rachel hyg as sy kyk hoe Samantha die man binnekom.

Dit was al wat Rachel kon vat.

Hy staan op en skakel die DVD af.

Toe sy die DVD weer op sy plek in die versameling plaas, het sy nog 'n video gesien met die etiket Anna 23-05-2019.

Dit is net 'n paar maande gelede opgeneem en die hoofkarakter moes 'n vrou gewees het.

Rachel was nuuskierig, en sy het die video ingesit en weer op die bed gaan sit.

Die video het 'n volwasse, naak vrou vertoon.

Die vrou was in haar vroeë vyftigs.

Duidelik 'n huisvrou.

Die video is ook in dieselfde kamer geneem, maar hierdie keer het Samantha die kamera vasgehou en met die huisvrou gepraat.

Samantha het die vrou beveel om op haar knieë te gaan en in Samantha se poes te kruip.

Die vrou het kundig orale seks op Samantha se skoongeskeerde poesie uitgevoer.

Rachel was oorweldig met wellus nadat sy Samantha se private tuisgemaakte seksband gekyk het.

Hy hurk en raak aan homself terwyl hy kyk.

Sy het met haar poes begin speel.

Lesbianisme en onderwerping was nooit haar fantasieë nie, maar daar was iets fassinerend aan Samantha se tuisvideo's.

Rachel het aangehou om haar poes te vryf totdat die video geëindig het.

Toe speel hy nog 'n video, hierdie keer van 'n paartjie.

Die tyd het verbygevlieg en Rachel het al na nog 'n paar video's gekyk.

Sy het kragtig gekom om tuisgemaakte pornografie te kyk.

Dit was lanklaas dat sy so 'n goeie orgasme gevoel het.

Sy maak haar oë toe om 'n rukkie te rus.

***

Rachel het wakker geword van die gevoel van 'n vinger wat oor haar vel vryf.

Sy oë rek groot.

Dit was nog nag.

Sy kyk op en sien Samantha met 'n glimlag op haar gesig oor haar staan.

"Ek sien jy het my versameling geniet," glimlag Samantha.

Ragel het vinnig haar poesie toegemaak.

"O God. Ek is so jammer. Ek moes aan die slaap geraak het."

"Daar is niks om oor spyt te wees nie. Jy het iets gekry waarvan jy hou. Nou is ons gereed vir die volgende stap."

Albei vroue kyk in mekaar se oë.

Daar was 'n kort oomblik van stilte tussen hulle.

En daar was ook 'n stille begrip dat dinge op die punt was om baie interessanter te word.

DEEL DRIE:
Slawerny is ons plesier

49

HOOFSTUK 11

Ontbyt was amper ongemaklik die volgende oggend vir Rachel.

Dit was die eerste keer in haar lewe dat sy gevang is terwyl sy masturbeer.

Hy het 'n gevoel van skaamte en ongemak gehad.

"Jy moet baie vrae hê," het Samantha gesê.

"Iets."

"Moenie skaam wees nie. Kom ons luister na jou."

"Wat presies het jy in daardie video's gedoen?" vra Rachel.

"Verskillende mense het verskillende fetisjeë. Dit is 'n feit van menslike seksualiteit. Ek lewer net 'n diens vir daardie fetisje."

"Is jy 'n soort dominatrix, of wat sy ook al deesdae genoem word?"

Samantha glimlag.

"Wanneer ek wil wees. Of as iemand my hulp nodig het."

"Roep jy dit hulp?" vra Rachel en lig 'n wenkbrou.

"Natuurlik het ek. Het jy gesien hoeveel daardie mense gekom het?"

Rachel voel skielik skaam.

"Was jy...umm..."

"Gaan voort. Vra net. Ek gaan nie byt nie."

Rachel haal diep asem.

" Het jy daaraan gedink om enige van daardie dinge aan my of Roger te doen? Was dit die hele tyd die plan? Wil Roger gesodomiseer word deur 'n strap-on? Wil hy sien hoe ek orale seks op 'n vrou verrig?"

"Dit is die groot vrae, nie waar nie?"

"Gaan jy vir my 'n antwoord gee?"

Samantha neem 'n lang, dramatiese pouse terwyl sy die vars uitgedrukte sap drink.

"Die antwoord is dit," het Samantha geantwoord. "Jou man het geen idee wat hy wil hê nie. Hy weet hy wil 'n beter sekslewe hê. Hy weet hy wil nie elke week seks met 'n emosielose vrou hê nie."

"Roger het my 'n emosielose vrou genoem?" vra Rachel met seer gevoelens.

"Nie in daardie woorde nie. Maar uit die manier waarop hy sy sekslewe beskryf het, kan jy net sowel emosieloos wees."

"So, wat dink jy wil Roger hê? Dat ek onderdanig moet wees soos die vroue in jou video's?"

"Miskien. Dis waarvoor hierdie reis was. Ongelukkig het hy besig geraak en ek kan hom nie help nie. Maar gelukkig is jy hier."

"Verneuk jy my?"

"Nee. Hy is nie. Ek kan sê hy is nie. Maar hy is naby aan. Die seks wat jy verskaf, is onvanpas vir 'n man soos hy."

"Wat ek moet doen?" vra Rachel.

"Doen soos ek vir jou sê. Trek aan soos ek beveel het. Suig sy piel soos ek jou geleer het. Trouens, ek verwag dat jy hom elke oggend voor werk moet kop gee, en weer wanneer hy by die huis kom. Geen verskonings nie." om dit nie te doen nie."

Rachel knik.

"Ek kan dit doen."

"Maar daar is nog meer om te leer. Orale seks los nie alles op nie, glo dit of nie."

"En wat is dit?"

Samantha het hom 'n slinkse kyk gegee.

"Ons sal na ontbyt moet uitvind."

HOOFSTUK 12

Daar was 'n waarneembare spanning in die lug toe Rachel vir Samantha gevolg het tot in 'n privaat kamer in die herehuis.

Die kamer het eenvoudige mure en eenvoudige meubels gehad.

Daar was 'n klein bed van net twee voet hoog.

Die bed was eenvoudig bedek, geen komberse of kussings nie, net 'n laken.

"Kom ons mors nie tyd nie," het Samantha gesê. "Jou man wil 'n onderdanige vrou hê. Diep binne dink ek jy verlang na 'n dominante seksfiguur."

"Ek stem heeltemal nie saam nie," sê Rachel beslis.

"O?"

"Ek dink nie Roger wil my so hê nie. En ek het beslis my perke. Ek het nog altyd gevoel dat 'n behoorlike verhouding op gelykheid gebaseer is."

"Selfs tydens seks?"

"Ja."

Samantha lek haar lippe af.

"Jy het baie om te leer vandag."

"Ek sal 'n oop gemoed hou vir wat jy voorstel."

Samantha knik.

"Ek het jou hierheen gebring vir 'n spesifieke rede. Hierdie is 'n kamer vir beginners. Jy is nog nie gereed vir die slawerny nie."

"Klink intimiderend."

"Intimideer op 'n goeie manier. Maar vir eers sal ons by hierdie kamer bly, want dit is maklik om skoon te maak na 'n gemors."

"Wat is dit veronderstel om te beteken?" vra Rachel.

"Dit beteken ek gaan jou laat kom. Op die regte manier. Ek gaan jou wys hoe 'n regte orgasme voel."

"Samantha, ek waardeer alles wat jy vir my doen, maar ek dink regtig nie dit is nodig nie."

"Natuurlik doen ek dit," antwoord Samantha ferm. "Jy kan nie 'n ware onderdanige word tensy jy die plesier daarvan ervaar het nie . Ons sal stadig begin. Ek sal jou in 'n nuwe leefstyl inskakel."

Rachel was getref deur die woord leefstyl.

Dinge was op die punt om meer interessant te word.

En ek was nuuskierig waarheen dinge op pad was.

"Goed," het sy geantwoord. "Ek sal nie stry nie. Ek sal nie kla nie. Ek sal doen wat jy vra."

"Ek wil jou gat sien. Ek wil jou kaal van die middel af af hê. Lê dan op die bed. Hou jou voete op die vloer."

Rachel was bekommerd oor die versoek.

Maar sy het dit in elk geval gedoen aangesien sy gesê het sy sal dit doen sonder om te stry.

Sy stroop haar boude kaal en plaas haar klere versigtig op die bed.

Nou staan sy met haar matig harige bos blootgestel aan Samantha.

Toe gaan lê hy op die klein bedjie met sy voete nog op die vloer.

"Jy sal later moet skeer," sê Samantha en kyk na haar skaamhare.

"My man hou daarvan."

"Skeer vandag. Moenie bekommerd wees nie, dit sal weer groei."

Rachel rol haar oë.

"Duidelik."

"Sprei nou jou bene. Wawyd oop."

Rachel het.

Sy sprei haar bene en gee Samantha 'n duidelike uitsig oor haar poesie.

Sy het onseker gevoel om haar ryp poesie vir 'n pragtige jong vrou te wys, maar sy het gedink daar is 'n doel agter dit alles.

"Nou gelukkig?"

"Mooi poes," waardeer Samantha. "Dit is oulik."

"Gaan jy daar staan en daarna kyk?"

"Natuurlik nie. As jy nie omgee nie, gaan ek jou bene aan die bed vasmaak voor ek jou laat kom. Ontspan, ek belowe jy sal dit geniet."

Samantha het onder die bed gegryp na iets en 'n tou uitgetrek waarmee sy Rachel se enkels aan die oorkantste bedpale vasgemaak het.

Alles is met kundige presisie gedoen.

Dit was duidelik dat Samantha 'n kenner van toue en slawerny was.

Toe dit verby was, was Rachel se bene in arendstyl gesprei, vasgebind, en haar poes was wyd oopgesprei.

'n Harde gegons weergalm deur die vertrek.

"Wat de hel is dit?" vra Rachel en kyk na Samantha.

Samantha het 'n groot vibrerende seksspeelding opgehou wat soos 'n kraggereedskap gelyk en geklink het.

Die toestel het 'n vibrerende top gehad wat bedoel was om 'n vrou se klitoris te stimuleer.

"Dit gaan jou lewe ten goede verander. Ontspan nou."

Rachel het grootoog op die bed gelê.

Die ding kom tussen haar bene.

Samantha het gelyk of sy op die punt was om 'n mediese prosedure met die sterk vibrerende toestel uit te voer.

Die vibrerende top is nader aan die blootgestelde kut gebring.

Die kragtige vibrator raak aan die punt van Rachel se klit.

" Aaahhh !!!!" die volwasse huisvrou het van pyn geskree.

Samantha trek 'n oomblik weg.

"Ontspan. Ontspan, skat. Ontspan net terwyl ek vir jou sorg."

Die kragtige vibrasie is teruggebring na die klit.

Rachel het weer geskree.

Sy kon Samantha gesmeek het om op te hou.

Sy kon regop gesit en Samantha gedruk het.

Sy kon baklei het.

Maar sy het nie.

Rachel lê eenvoudig terug op die bed en absorbeer die intense stimulasie.

Alhoewel dit pynlik was, was daar ook 'n klein sprankie plesier.

Die plesier het gegroei en gegroei.

Rachel het voortgegaan om radeloos te wees, maar het haar liggaam probeer ontspan.

Sy het die kragtige gevoel aanvaar.

Sy bene het teen die tou getrek en gesukkel, maar dit was geen nut nie.

Sy bene kon nie beweeg nie.

Die sensasie in sy liggaam was in konflik.

Sy wou weerstand bied, maar sy wou ook die gevoelens laat vloei.

Sy het voortgegaan om te kerm en op die bed te gooi en aan te skakel.

Samantha het die palm van haar hand teen die huisvrou se liggaam gedruk.

Toe druk sy die vibrerende sekstoestel hard teen haar klit.

Die stimulasie was onwerklik.

Die volwasse huisvrou het van angs en plesier geskree.

Sy bene het met alle mag teen die tou geveg.

Dit was 'n verlore stryd.

Terwyl Samantha twee vingers in haar poes steek, in en uit beweeg, kom Rachel.

Sy het gehardloop en gehardloop.

Sy het haar sappe gespuit en gespuit.

Dit was 'n nat orgasme wat oral 'n groot gemors gemaak het.

Rachel se rug krom hewig.

Sy tone het gekrul.

Hy het vreemde gesigte gemaak terwyl hy vir 'n rukkie amper onherkenbaar was.

Toe raak sy lyf heeltemal slap.

Samantha het die toestel afgeskakel en vir haar werk geglimlag.

Hy het die toestel laat sak en die huisvrou se enkels losgemaak.

Sy het op die bed gesit en Rachel se hare gevryf, en opgemerk hoe mooi sy lyk.

"Moenie nog sukkel om te praat nie," sê Samantha en vryf steeds oor Rachel se hare. "Ontspan net. Geniet jou saligheid. Ek is seker jou klit moet nou seer wees."

Rachel knik.

"Ja."

"Rus. Laat jou klit herstel. Ons sal later vandag met die opleiding voortgaan."

Samantha leun af om Rachel op die voorkop te soen, dan op die wang, dan op die lippe.

HOOFSTUK 13

Tyd het ongehaas verbygegaan.

Hulle het saam middagete geëet en oor normale dinge gepraat.

'n Vriendskap het tussen hulle gegroei.

Die onderwerp van seks het nie weer ter sprake gekom nie, en Rachel se klit het genoeg tyd gehad om van die vibrerende aanval te genees.

Rachel het in die middel van die middag 'n middagslapie geneem, en toe sy wakker word, was daar 'n pragtige swart rok op haar bed.

'n Paar hoëhakskoene was ook op die bed.

Daar was 'n handgeskrewe nota bo-op die rok.

Die nota het gesê:

"Stort lekker lank. Wend dan jou grimering aan soos ek jou geleer het. En trek dan die rok en die hakke aan met niks anders onder nie.

Ons ontmoet jou om sesuur onder in die slawerny. Die deur sal oopgesluit word."

Die nota is deur Samantha onderteken.

'n Tinteling het tussen haar bene gegroei.

Rachel staan uit die bed en gaan stort.

Sy het haarself afgedroog en na haar naakte weerkaatsing in die spieël gekyk voordat sy haar grimering aangesit het.

Sy het elke kosmetiese produk presies aangebring soos Samantha haar geleer het.

Rachel het voor die slaapkamerspieël in haar rok aangetrek.

Die rok was elegant en sexy.

Sy verwonder haar aan haar weerkaatsing.

Sy het soos 'n heel ander vrou gelyk.

***

Hy het presies sesuur die aand ondertoe gegaan, toe in die gang afgegaan.

Dit was maklik om uit te vind waar die slawerny is.

Dit was die enigste vertrek in die herehuis waar die deur altyd toe was.

Nou was die deur oop en lyk asof dit haar roep.

Die slawerny het vaal gelyk in vergelyking met die res van die huis.

Dit was 'n gemiddelde grootte kamer met niks van waarde nie.

Daar was 'n paar tafels en stoele.

Daar was ander interessante items soos 'n tou wat van die plafon af gehang het en toestelle wat vreemd lyk wat kru gelyk het.

Rachel stap die kamer binne en laat haar oë daaroor dwaal.

Die afwagting het gegroei.

"Was dit wat jy verwag het?" Samantha se stem sê van agter.

Rachel draai om en sien Samantha geklee in 'n rooi leerkorset en swart stewels.

Sy het haar getinte arms en bene gewys , en haar hare is teruggetrek.

Sy was aangetrek soos 'n regte dominatrix.

Samantha maak toe die deur toe.

"Ek het 'n bietjie meer verwag, om eerlik te wees," het Rachel gesê en haar senuwees weggesteek.

"Die meeste mense verwag meer van my slawerny kamer. Maar ek verkies eenvoud. Ek hou daarvan om daardie element van verrassing te hê."

"Wat bedoel jy?"

"Ek hou daarvan dat mense hierdie kamer onderskat," glimlag Samantha. "Verder is dit irrelevant watter soort speelgoed en toestelle gebruik word. Dit is die bereidwilligheid om te onderwerp, en die dominante mag oor die onderdanige, wat sorg vir 'n goeie BDSM erotiese verhouding. Nie die speelgoed nie."

Rachel se hande beduie na die kamer.

"Tog hier is ons."

"Moet my nie verkeerd verstaan nie," sê Samantha en stap na die huisvrou toe. "Ek is mal daaroor om speelgoed te gebruik. En ek is ook lief vir toue. Dit verhoog my mag oor onderdaniges op soveel maniere."

"Wat sal jy my doen?"

Samantha se oë kyk op en af na die huisvrou.

"Ek het vergeet om te noem hoe mooi jy in daardie rok lyk. Dit pas perfek by jou en wys al jou kurwes. En jou grimering, ek is beïndruk. Jy leer vinnig."

"Dankie. Jy lyk...umm...aantreklik in daardie uitrusting."

"Ek probeer altyd op my beste lyk."

"So wat gaan jy aan my doen?" vra Rachel weer, amper desperaat om te weet.

Samantha stap vorentoe en bring haar lippe na die huisvrou se oor.

"Ek gaan jou vasbind," sê Samantha sag. "Dan gaan ek jou oor en oor laat kom. Jy behoort aan jou man. Maar vanaand behoort jy aan my. Jou poes behoort aan my. En jou orgasmes behoort ook aan my."

Rachel se oë rek groot.

"O. ek... uh..."

"Ek neem aan Roger het jou nog nooit vasgebind nie."

"Nooit."

"Perfek. Ek hou daarvan om iemand se eerste te wees. Hou stil."

Rachel staan skaam stil in haar duur rok terwyl sy kyk hoe Samantha 'n toestel teen die muur draai.

Die tou wat van die plafon gehang het, is laat sak na waar Rachel was.

"Gaan jy my daarmee vasbind?" vra Rachel.

"Is daar 'n probleem?"

Rachel skud senuweeagtig haar kop.

"Geen."

"Goed. Gee nou vir my jou poppe."

Samantha het die sagte tou gebruik en Rachel se polse kundig vasgebind.

Die knoop was styf.

Ragel se hande was vasgebind.

Hy het geen weerstand gemaak nie.

Sodra sy die tou daaraan vasgemaak het, het Samantha teruggegaan na die muur en die toestel in die teenoorgestelde rigting gedraai.

Dit het Ragel se hande oor haar kop laat opgaan.

Niks te pynlik nie, maar genoeg om te verhoed dat Rachel kan beweeg.

"Gemaklik?" vra Samantha met 'n halwe glimlag.

Rachel het amper gebewe toe sy met haar hande bo haar kop vasgebind staan.

"My polse is seer."

"Dit maak seer omdat jy baklei. Ontspan. Gee jouself vir my."

Samantha het 'n nabygeleë laai oopgemaak en na binne gesteek.

Hy het 'n mes uitgehaal en stadig na Rachel gestap met 'n bose glimlag, terwyl hy die skerp voorwerp rondswaai.

"O my God!" Rachel hyg in vrees en dink dat iets aakligs gaan gebeur. "Asseblief nee! My God! My God!"

"Moenie simpel wees nie. Ek gaan jou nie seermaak nie. Wel, nie op die slegte manier nie."

Samantha het die mes na die bokant van Rachel se rok gebring.

Sy sny toe afwaarts en verdeel die rok in die middel.

Samantha het die mes op 'n nabygeleë tafel gesit, toe die bokant van die rok oopgemaak en Rachel se twee ronde borste ontbloot.

"Nou lyk jy soos 'n regte hoer," glimlag Samantha. "Slutty grimering, mooi hare, duur hakke, en 'n geskeurde rok wat jou ou sag tiete ontbloot. Al die tekens van 'n slet. Stem jy nie saam nie?"

Rachel knik senuweeagtig.

"Ja."

"Ek hou altyd by die vierduim-reël. Sê vir my, hoe groot is jou man se penis?"

"Ongeveer vyf duim," het Rachel erken.

"Roger s'n is vyf duim, so ek voeg nog vier duim by. Dit is altesaam nege duim."

Samantha het 'n ander laai oopgemaak om 'n nege-duim dildo te haal.

Sy het daarna gekyk, verwonderd oor sy grootte.

Sy het toe 'n band om haar kruis gesit en die 10 duim dildo aangetrek.

"Gaan jy dit binne-in my sit?" vra Rachel senuweeagtig.

"Ek gaan jou daarmee naai," antwoord Samantha en smeer smeer aan die seksvoorwerp. "Het jy al ooit opstaan seks gehad?"

"Geen."

"Nog 'n eerste keer."

Samantha het voor Rachel gestaan.

Hulle was van aangesig tot aangesig, slegs sentimeters van mekaar af.

Samantha was veilig en kalm.

Rachel was 'n senuwee-wrak.

Seksuele spanning was dik in die lug.

Samantha leun vorentoe en gee Rachel 'n groot soen op die lippe.

Dit was aanvanklik glad.

Dan meer passievol.

Toe word dit rowwer.

Samantha byt liggies aan Rachel se onderlip.

Hulle het toe voortgegaan om te tongsoen.

Terwyl hulle gesoen het, het Samantha haar hande laat sak en Rachel se rok opgelig.

Toe lei hy die punt van die strap-on se haan na Rachel se lippe.

Rachel sprei haar bene wyd terwyl sy opstaan.

Die dildo is na haar poesie gewys.

"Ek gaan jou nou deurdring," fluister Samantha in Rachel se oor.

"Wees genadig."

"Nee," fluister Samantha.

Terwyl die twee vroue verstrengel gebly het, het Samantha hard gedruk en Rachel se poes binnegegaan, wat 'n hoorbare hyg veroorsaak het.

Samantha het nog 'n druk gegee en dieper gegaan.

Die seksuele voorwerp het dieper geword.

Op 'n stadium was die nege duim seksvoorwerp heeltemal binne-in die poes begrawe.

Rachel het gekerm en haar bene het gebewe.

Samantha het haar fisieke krag geopenbaar deur albei Rachel se bobene stewig in die lug te gryp.

Rachel was heeltemal van die grond af, haar hande hang aan die tou op die plafon.

Haar voete en hakke het wild geswaai met Samantha wat haar bene vasgehou het.

"Moenie baklei nie," sê Samantha terwyl sy die huisvrou in die lug hou. "Hoe meer jy baklei, hoe meer sal dit seermaak. Gee aan my toe."

Samantha leun terug en gee nog 'n harde stoot, en druk die dildo verder in haar poes.

Samantha se hande het 'n stewige slot op Rachel se bene gehou.

Rachel hang in die lug toe die dominatrix haar binnekom.

Hulle was fokken.

Hulle het in mekaar se oë gekyk.

Ragel het gehuil en gehuil.

Maar sy het nooit vir Samantha gesê om op te hou nie.

Sy het nie gewaag nie, maar sy wou ook nie.

Dit was deel van die opleiding, en dit het begin goed voel soos sy liggaam by die grootte aangepas het.

Sy hare was morsig, so ook sy voete.

Sy het daarvan gehou om deur Samantha genaai te word.

Sy liggaam was aan die brand.

Rachel se polse was seer.

Die vel om haar polse het 'n donker skakering van rooi geword terwyl haar lyf in die lug hang.

Maar die pyn in haar polse was niks in vergelyking met die sensasie wat haar poes gevoel het nie.

Die groot seksspeelding het senuwees in haar poes gestimuleer wat sy nooit geweet het bestaan nie.

Die stoot het voortgegaan.

Sy het geskree en geskree.

Sy het gehuil en gehuil.

Sy het gekerm en gekerm.

"Kom vir my," sê Samantha en kyk met plesier na die huisvrou. "Kom vir my, jou vuil ou hoer."

Rachel stoot haar heupe.

"Ek is nie oud nie!"

'n Orgasme het deur haar lyf geskeur.

Rachel skree bo-uit haar longe.

Sy rug krom hewig.

Sy gooi die hoëhakskoene oor die kamer.

Rachel se poesvloeistowwe het oral gespat en 'n ernstige werk vir die skoonmaakdame gelaat.

Soos die orgasme bedaar, het Rachel se oë teruggerol en haar liggaam ontspan.

Samantha los haar omhelsing en Rachel het in 'n byna somber toestand aan die tou om haar polse gehang.

Samantha laat sak die tou en Rachel se halfbewuste liggaam lê op die vloer in 'n poel van haar eie warm sappe.

Toe Rachel haar oë kon oopmaak, het sy gesien hoe Samantha haar korset verwyder en haarself heeltemal naak laat.

Rachel kon nie anders as om Samantha se perfekte naakte lyf te beny nie.

Samantha het op die vloer gesit en met Rachel se hare gespeel.

"Roger is gelukkig om 'n orgastiese slet soos jy te hê," glimlag Samantha vol kaal.

"Ek het nog nooit so gekom nie. Nooit nie."

"Ek is bly ek was van diens vir jou. Maar onthou, ek is die dominatrix, jy is die sub. Dit is vir my plesier, nie joune nie. En tot dusver het ek nog nie gekom nie."

Rachel lig 'n wenkbrou.

"Wat het jy in gedagte?"

"Het jy al ooit 'n poes geëet?"

"Geen."

"Wat 'n maagd is jy in alles. Kruip na my toe. Sit jou gesig tussen my bene."

Ragel het gedoen wat sy gesê is om te doen.

Hy het gekruip totdat sy gesig sentimeters van haar poes was.

"Soen my lippe," beveel Samantha en verwys na haar eie vagina. "Ek hou daarvan om gesoen te word."

Rachel het gehoor gegee en die buitenste laag van Samantha se skoongeskeerde poes gesoen.

"Lek dit soos 'n suigstokkie. Steek dan jou tong in asof jy in dae nie geëet het nie."

Rachel het bevele gevolg, haar poesie gelek en die eksterne vloeistowwe geproe.

Sy tong voel elke punt van die lippe.

Toe steek hy sy tong binne, lek en suig.

Dit was die eerste keer dat sy 'n poes geëet het, en sy het besef dat dit lekker smaak.

"Dis goed," kreun Samantha. "Hou so aan. Hou aan lek soos 'n goeie katjie."

Die eens ingetoë, priem en behoorlike huisvrou het vinnig 'n kundige vagina-eter geword.

Sy het entoesiasties gelek en gesuig.

Sy tong streel op en af.

Oomblikke later het Samantha met 'n hoë kreet gekom.

Haar bene bewe, toe ontspan sy.

se oë verlig.

"My God. Wie het geweet jy kan dit so natuurlik doen?"

Rachel glimlag en laat rus haar kop op Samantha se bobeen.

"Jy weet goed".

"So jy dink?" vra Samantha retories.

Rachel het die dominatrix se bobeen gesoen.

"Ja."

Die twee vroue het hul oomblik van wedersydse troos voortgesit.

Rachel maak haar oë toe en laat rus haar kop weer op die dominatrix se bobeen.

Samantha kyk na die pragtige huisvrou en streel oor haar hare.

HOOFSTUK 14

Dae daarna.

Nadat sy haar bagasie afgehaal het, was Rachel besig om 'n trollie met twee tasse in te stoot: een met haar gewone klere, en die ander met dié wat Samantha vir haar gegee het.

Sy het haar man buite sien wag.

Groot glimlagte is teruggegee.

Roger was bly om sy vrou so goed bruingebrand en ontspanne te sien.

Hy het na Rachel toe gehardloop.

Sy stop die kar en gee hom 'n groot verstikkende drukkie.

Dit was 'n spesiale oomblik.

Sy wou hê daardie dag moet 'n nuwe begin vir hul huwelik wees.

"Ek het jou so gemis," het Roger gesê.

Rachel sit haar lippe teen sy oor en fluister: "Jy gaan my huis toe vat en my aan die bed in die kamer vasmaak. Dan gaan jy jou piel in my keel afdruk. En dan gaan jy naai ek. Verstaan?"

Hy het 'n bietjie teruggestap om sy vrou, verstom oor haar vuil taalgebruik, mooi te kyk.

Daar was 'n spesiale vonkel in Rachel se oë.

'n honger

'n Lus.

Roger het besef dat sy vrou 'n ander vrou is.

Roger knik en aanvaar die uitnodiging.

Rachel glimlag en gee hom 'n soen.

EINDE

Don't miss out!

Visit the website below and you can sign up to receive emails whenever Erika Sanders publishes a new book. There's no charge and no obligation.

https://books2read.com/r/B-A-IGGS-OANNC

BOOKS 2 READ

Connecting independent readers to independent writers.